LA MEILLEURE COMPLAINTE

SUR

LE LICENCIEMENT De la Garde Nationale ;

PAR DEUX TAMBOURS,

AUTEURS POÉTIQUES.

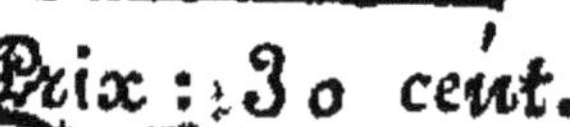

PARIS.

CHEZ LES MARCHANDS DE NOUVEAUTES.

1827.

LA MEILLEURE COMPLAINTE SUR LE LICENCIEMENT DE LA GARDE NATIONALE.

IMPRIMERIE DE H. BALZAC, RUE DES MARAIS S.-G., N. 17.

LA MEILLEURE
COMPLAINTE
SUR
LE LICENCIEMENT
DE LA
GARDE NATIONALE,
par deux Tambours,

AUTEURS POLTIQUES.

Prix : 30 cent.

PARIS.

CHEZ LES MARCHANDS DE NOUVEAUTES

1827.

NOTE

TRÈS-IMPORTANTE

RÉDIGÉE

PAR LES DEUX TAMBOURS,

AUTEURS POÉTIQUES.

Il y en a d'aucuns quidams qui ont évu la malice de nous chercher chicane, attendu que cette meilleure complainte il n'était pas assez lamentable. Nous ons répondu à ce calembourg que ce principe était nôtre, que toutefois et quand il survenait quelqu'événement disgracieux et passablement désagréable, y fallait bien vite se dépêcher d'en rire, vu qu'il arrivait bien souvent d'être obligé d'en pleurer plus tard, et voilà justement pourquoi et le motif pour la raison desquels nous avons cherché à fourrer dans la *Meilleure complainte* de la gaîté tout juste à la hauteur de l'esprit qui y pétille presque dans tous les passages qui ne sont pas les plus bêtes du tout.

J'ai l'honneur de vous saluer,

Les deux Tambours,

Auteurs-poétiques.

PREMIER ROULEMENT.

Plan, tan plan, r'lan ta-plan, tambour battant, tambour battant.

On vous fait à savoir, chers et bien-aimés Parisiens, même les ceux qui demeurent dans les départemens, que le titre honorable, si jamais il en fut, de tambour dans la garde nationale ne passe pas comme billet de Banque chez les boulangers et les marchands de vin, et que ce titre de tambour, malheureusement pour ceux qui le porte, n'a jamais été synonime de *richard*.

Cependant, comme il n'existe pas d'état qui rapporte de l'argent sans que l'on touche de tems en tems de légers honoraires, il en résulte indubitablement que les susdits tambours reçoivent, pour leurs glorieux travaux, quelques pièces métalliques, qu'ils emploient pour les usages les plus accoutumés de la vie habituelle; c'est positivement ce qui arrivent aux auteurs poétiques qui mettent aujourd'hui leurs chefs-d'œuvre sous les yeux indulgens des amis, et ce qui, par un malheur arrivé par un accident d'autant plus déplorable qu'on ne le prévoyait pas, on n'avait fait aucune espèce d'économie, ce qui, dis-je, n'arrive plus auxdits malheureux tambours.

La suppression, ou licenciement, comme vous voudrez, de la Garde Nationale, vient de les fourrer tout-à-fait dans le pétrin, ce qui n'était pas fort éloigné, car ils en étaient déjà très-près. Les voilà donc qui, coupés dans le nœud, ne savent plus de quel côté tourner de la tête pour se procurer, par une honnête industrie, les substances suffisantes à leurs besoins journaliers sans avoir tant seulement la prétention de donner dans les excès intempérans d'un luxe qui pourrait, à la rigueur devenir la goutte d'eau qui fait déborder le vase déjà plein jusques à son comble; les voilà donc, dis-je, se creusant la cervelle et cherchant le moyen d'enchaîner cette volage femelle que l'on appelle la fortune, et qui, dit-on, est positivement la bourgeoise de ce chien de Jean de Nivelle qui s'enfuit quand on l'appelle,

Parbleu, dit Pierre à Paul, ou Paul à Pierre si mieux vous l'aimez, tu sais avec quel succès nous avons glissé dans les sociétés lirico-bachico-mangico-baillico-emusantes de la capitale, trois à quatre cens douzaines de légères chansons qui ont obtene un si prodigieux succès que l'on en a fait insérer deux à la fois dans un fameux recueil qui sous le titre modeste des *Rivaur d'Appolon*, a été tiré à cent cinquante exemplaires; parbleu je ne vois pas ce qui nous empêcherait de risquer comme tant d'autres, la mignonne complainte de rigueur sur la circonstance qui vient, par parenthèse, de nous planter sur le pavé comme des jolis garçons; qu'en dis-tu ?

— Vas, dit Paul, Pierre, Jacques ou Jerôme, qui ne rieque rien n'a rien..., Essayons, c'est à l'œuvre qu'on connaît l'ouvrier, l'echantillon fait soupçonner le mérite de la pièce, et nous qui étiens encore tambour avant-hier, it ne erait nullement étonnant que nous fissions, même en cette circonstance, quelque fracas dans le monde.

Là dessus nous voilà partis, bras dessus bras dessous, afin de chercher un petit endroit solitaire où nous puissions nous livrer sans le moindre inconvénient, aux charmes si doux et si purs des réflexions d'une âme philosophique et raisonnable, Romainville nous tendait ses bras entortillés de lilas, les Tuileries, ses bassins où s'ébattent les Cygnes au plumage azuré de l'albâtre, le Luxembourg ses rians carrés, où les gamains du faubourg Saint-Germain, vont jouer à la balle, tous les jeudis et les dimanches, le jardin des Plantes, le chant harmonieux des rossignols et le cris des bêtes féroces qui reçoivent leur pâture nutritive des mains du préposé à la surveillance de leur existence prisonnière... . Mais non, rien de tout cela ne nous séduisit, les rives enchantées de la Bièvre, ou des Gobelins nous appelaient; nous y volâmes.

Nous traversâmes ce noble faubourg Saint-Marcel, séjour de cette industrie agissante et éclairée qui fournit chaque soir aux bons Parisiens le moyen d'allumer ses chandell s... Nous dépassâmes la barrière Blanche, que l'on venoit de peindre en rouge, nous descendîmes à cet antique jardin des Maronniers, qui se trouve maintenant transformé en une buanderie, tant l's vicissitudes de la vie humaine sont farces et droletles, et nous arrivons sur les bords de la Bièvre.

L'air pur que l'on respire sur les rives de cette charmante rivière, que l'on a la légère précaution de récurer tous les ans, travail utile et nécessaire auquel on étoit en train de se livrer pour le moment du 1/4 d'heure, le chant des pierrots mâles qui appelloient leurs femelles à cris aigus, la joie naive de quelques polissons déguenillés qui péchoient des savetiers à défaut de goujons, les accens mélodieux du gardien de cochons qui chantoit. Marie trempe ton pain, la démarche folâtre des jeunes blanchisseusses de la Glacière qui s'enfonçoient jusqu'à la cheville du pied dans les trous fangeux qu'avoit laissé un trop humide hiver sur cette terre de délices, tout portait dans notre cœur, un charme, un enchantement irrésistible; nous nous assîmes sur une monticule élevée après en avoir distrait quelques signes non trompeurs du pâturage des troupeaux en ces rians domaines ; nous saisissions la plume de corbeau, la fine demi-bouteille de petite vertu, la demi main de papier d'écoliers et saisi d'un poètique et brûlant délire, en deux temps et quatre mouvemens nous baclâmes ce qui suit.

LA MEILLEURE

COMPLAINTE

SUR

LE LICENCIEMENT

DE LA GARDE NATIONALE.

Encore et également sur la même air que toutes les complaintes les plus joliment tournees.

C'est grande fète a Mont-Rouge (1),
Escobar va s'enivier (2)

(1) Mont-Rouge est un joli endroit, près la barrière d'Enfer, où il y a des capucins qui s'appellent jésuites.

(2) Escobar, à ce que m'a dit un de mes cousins

2

Pour nous faire tous pleurer,
Corbière s'a caché bien rouge,
Et l'on ne sait pas pourquoi;
Il met nos cœurs en émoi.

Voici ce que l'on ropporte :
C'était le 29 avril,
Chacun se montrait subtil
Au soin d'une ardeur profonde,
A enterrer en ce jour
La loi d'justice et d'amour (3).

qui fait sa rhétorique dans la septième classe du collége de Lisieux, était un des Messieurs comme qui dirait une des plus fameuses colonnes de la Compagnie de Jésus.

(3) Les personnes de France qui ne sauraient pas ce que c'est que la loi de justice et d'amour, tout ce que nous pouvons leur dire, c'est que c'est joliment tant mieux pour eux.

Notre garde sous les armes
Bivaquée au Champ de Mars,
Prouvait sous leurs étendards
Vingt mille hommes en campagne,
Et chacun, sans nul effroi,
Criait tous : *Vive le Roi* (4) !

Il fallait voir la belle ordre
De nos treize légions,
Les plus poudreux bataillons
N'auraient pas trouvé à mordre (5),

(4) La France est si séditieuse maintenant, qu'il suffit d'un mot aimable de ses princes pour les lui faire adorer, et pourtant jamais peut-être à aucune époque de notre histoire, les cris de vive le Roi n'avaient retenti en aussi grand nombre et d'un aussi bon cœur.

(5) Mon cousin le réthoricien nous a dit que sur ce couplet là, y a bien des auteurs poétiques comme nous, qui pourrait y truuver à mordre,

Sur cette belle tenu
Qu'ils avaient dans la revu.

L'éclair qui quelquefois brille
Tout en haut du Firmament,
De devant nos fournimens
Nous aurait paru jaunie,
Et les fusil reluisans
Étaient autour de diamans (6).

C'est par les bonnets à poile
Que d'aucuns se distinguaient,

mais je crois que c'est simplement par jalousie de n'avoir pas pu faire une aussi meilleure complainte.

(6) C'est pas parce que c'est nous qui l'a faire, mais cette strophe est de la dernière des beautés, cet *éclair*, au *plus des firmament*; ces *fusils* qui sont autour de *diamans*, quiil y a déjà quatre tambours des légions qui ont proposé d'ouvrir des souscriptions pour nous élever une estatue.

Fallait voir ces gros bonnets
D'une recherche si belle,
Qu'i's semblaient un arbre fier
Qui s'élançaient dans les airs (7).

Les li-eutenans bons drilles,
Il se donnait bien du mal,
Pour faire d'un pas égal
Circuler la compagnie (8),
Dais quelques-uns au galop
Fe les écoutait pas trop (9).

(7) Oh! quels bonnets à poil! quels bonnets à poil d'au uns n'avaient-ils pas; j'en ai vu, nous qui vous parlons, qu'étaient si conséquens que c'était vraiment superbe.

(8, Ca c'est vrai, soit sans médire de ma légion ni des autres, témoin un grandissime sapeur de la onzième, qu'est fabricant d'instrumens d'arismétique, qui ne pouvait plus garder ni compas ni mesure.

(9) J'ai vu de mes propres yeux, là comme je vous vois un chasseur de la dixième, vouloir absolu

La chaleur elle était dure
Et la revue avait soif,
Chacun soulevant sa coiffe
Épongeait sa chevelure,
Et savourait le coco,
Le vin étant en défaut (10).

Mais c'est la brave musique
Qui soufflant et versouflant,
A faire un bruit si charmant
Qui de plus en plus s'applique,

ment prendre place dans la onzième : « Mais mon ami, lui ripostaient quèqu'zuns, vous n'ê'es pas de ce régiment-ci, allez donc rejoindre le vôtre.» « Bah! répondit-il en marquant le pas, quèqu'ça vous fait que je reste ici, quisqu'il y a de la place. (*Historique*).

(10) Et ce coco là, et ce vin là, vous-vods, c'était positivement, textuellement, et absolument sans la moindre doute, la même chose que ce vin là, et ce coco là.

Que le tonnerre à son son
N'eut été qu'un mirliton (11).

Le Monarque comme un père
Y circulait dans les rangs,
Leur disait des mots charmans
Qui rendaient le cœur prospère,
Et chacun en le voyant
Semblait lui en faire autant (12)

(11) C'est-y que par moment, quelquefois, mais pas toujours, elle jouait de solides morceaux .. Vrai, là, M. Roussini qu'est un malin sur le chapitre du tintamarre au grand Opéra de l'Académie Royale de Musique, n'aurait pas tant seulement pu les dégotter, tant ils y allaient par-ci, par-là, bon jeu, bon argent... Que c'est beau la musique, surtout quand elle est exécutée par des instrumens qui font bien du train.

(12) Il y a des fautes de vésification dans ce chant, à ce que l'on m'a dit; mais nous nous en moquons; il est parfaitement juste, j'en appelle à

Nous qui sont pour ces ffaires
Les tous premiers en avant,
Nous vous leur battions des bans
De même ainsi qu'à la guerre!
Et nous défilions d'abord
En battant la charge encore (13)

Ces bons messieurs les Gendarmes
On ne les a pas reconnus.
S'ils avaient les sabres nuds,
C'étaient pour porter les armes

la capitale toute entière, et surtout aux habitans de la rue que je demeure.

(13) Tra, la, la, la, la, la, la, la tra la, la, la, la, léve le pas redoublé, rien que ça en défilant le long de la grille de la rue Saint-Dominique, c'était gentil comme un petit cupidon, mais comme c'est nous les tambours auteurs poétiques qu'avions eu cette jolie imagination-là, la modestie nous empêche de vous en dire un peu plus, ni même d'avantage, suffit, adjugé, salut.

Sans citer à tout bout d'champ
La loi de attroupemens. (14)

Mais enfin le canon sonne
C'était le Roi qui s'en va,
Dieu de Dieu ! quel brouhaha
Qui devant ses pas bourdonne,
Tel d'abeilles un essaim
Suivrait sa [illegible]elle à dessein (15).

(14) Foi de tambours, y z'ét[illegible]ient là comme de Lon n'enf n', et y sembl[illegible]ient di[illegible]e : sommes-nous h[illegible]ureux d'avoir enfin, par ext[illegible]a[illegible]rdinai[illegible]e, attrapé une consign[illegible] [illegible]orsqu'y n'y a [illegible]i[illegible]n à faire qui répugne à la conscience de la délicatesse honnête d'un g[illegible]lant homm[illegible].. Oh ! si on voul[illegible]it avoir plus souvent la complaisanc[illegible] d[illegible].... Chût, l'ami tambo[illegible]r, n'faut pas fai[illegible] t[illegible]n[illegible] d[illegible] br[illegible]it, m[illegible]n garçon, y a des gens qui sont p[illegible]yés po[illegible]r avoir l'oreille terriblement fine, et ces gen[illegible]-là.... Enfoncé.

(15) Il y a d[illegible]ns Virgile, Homère ou Hyppocrate, une comparaison à peu près d[illegible]ns ce genre-là, elle m'a paru lumineuse et pas mal, et voilà

Alors chacun file ensemble
Comme des paires d'amis;
Les uns ils vont au logis,
Et puis l'autre où bon leur semble,
Mais chacun est bien content
D'avoir eu de l'agrément... (16)

pourquoi nous l'avons employée, dans la crainte de faire un peu moins bien.

(16) Et qui ne l'aurait pas été content, quand il avait vu ce brave homme de roi, mêlé parmi ses enfans, leur souriant à tous, et laissant échapper de ces mots doux et heureux, le plus bel apanage des Bourbons, jarni dieu si nous avions eu de l'argent, quelle noces nous eussions faite en son honneur; mais hélas

Pourquoi d'aussi beaux jours ont-ils un lendemain?

Pourquoi .. je n'en sais rien, un vrai tambour ne connaît que sa caisse, son cœur, sa consigne, et ne fourre pas le nez dans les affaire de l'etat. toutefois et quand elle se rapportent au gouvernement de la politique... Et v'la c'que c'est...

Mais voilà que quand l'aurore
Les avait bien délassés
A tous on vient annoncer
Ce qu'il ne sait pas encore,
Que le Moniteur dit-y
Ote giberne et fusil (17).

Ah ! messieurs le ministère
Avec ce joli micmac
Vous nous mettez dans le sac
Dans le sac de la misère (18).

(17) Oh ! mon Dieu oui, y se reveillent, y demandent le Moniteur, parce que c'est le journal le plus joli, et le plus amusant par les petites drôleries que l'on y met de tems en tems, et pis v'la qu'il y lit :

« La Garde Nationale de Paris est licenciée..... licenciee . . . .
. . . .

(18) C'est ça que c'etait déjà une ouvrage bien avantageuse que celle des tambours, mais on se trouvait avec des bon n'enfans du moins.

Songez-vous que les tambours
A présent vont rester courts (19).

Au cri de vive la France !
Au cri de vive le Roi !
Si l'on a mêlé, je croi,
Quelques cris que d'aucun pense,
Pourquoi cela, dites-nous,
Vous met-il tant en couroux (20).

(19) Nous ne nous dissimulons pas que ce couplet est épouvantablement fort et séditieux.... *Vont rester courts*, c'est presque dire que v'là les tambours sur le pavé; mais ces messieurs dans leurs beaux hôtels de Rivoli, etc., se moquent pas mal de nous, y z'ont des belles chambres, des candenabres, des tableaux en peinture sur toile, en couleur, et toute sorte de belles choses, y z'ont bien le tems de penser à nous, et en attendant, trotte pauvre tambour, gagne ton pain bis, ces messieurs se bourre de truffes, d'ortolans, et tout est dit.

(20) Oui, pourquoi? je ne vous demande que

Ne peut-on sans en rabattre,
Crier dans une action
A bas sa sédition;
Les assassins d'Henri IV,
Tous meurtriers d'un Bourbons.
Pour le Français n'est pas bon. (21)

ça. .. Là .. c'est être trop exigeant... Mais non, vous ne direz rien, j'ai lu dans un journal, il y a sept ou huit mois, que n'y avait rien qui vous fesait plus mal au cœur que de rendre des comptes Je voudrais bien savoir depuis quant cette maladie-là vous a pris, car je me rappelle un tems où vous aviez la rage d'en demander à tous les ministres, il est vrai qui n'vous en rendaient guère non plus, mais, jarni dieu, il me semble que relativement à vos prédécesseurs, puisque vous n'imitez pas leur vertu, vous devriez vous abstenir de leurs sottises.

(21) Vous m'ôterez bien tout ce que vous voudrez à présent que je n'ai plus rien, mais vous ne m'empêcherez pas de vous dire que

L'erreur conduit au despotisme,

Despotisme mène au trépas,
Et la torche du fanatisme,
Incendie et n'éclaire pas.

Ces quatre vers ne sont pas de moi, je vous en avertis, mais ce qui vous paraîtra beaucoup plus drole encore, c'est que, malgré cela, ils ne sont pat mauvais

Au sein d'une Cour royale, (1)
Aujourd'hui même l'on vit
Un garçon ayant l'habit,
D'une garde nationale,
Portant sur un écritau
Habit à vendre au plutôt (2)

(1) Il falloit mettre ici Palais royale mais comus pour la rime, il fallait *Royale*, et que *Palais* est d'une espèce de genre appelé *masculin*, nous avons préféré Cour Royale.

(2) Événement historique réellement arrivé, et qui a eu lieu jardin du Palais-royal, quatre

heures après midi, et encore à telle enseigne que le limonadier du pavillon de la paix ne vouloit pas lui donner un petit ver.

****

ENVOI

En guise de morale à ces Messieurs qui mettent toutes nos affaires les plus intéressantes dans leurs porte-feuilles.

Malgré votre indifférence
Pour la garde de Paris,
Nos cœurs que l'on a flétris ;
Aimeront toujours la France
On ôte les fournimens
Mais jamais les sentimens

( ) Ici la plume nous tombe des mains. Après une pensée aussi ingénieuse, aussi belle, tout ce que l'on pourrait faire serait trop foible, trop mesquin. ... Il faut s'arrêter là. .. C'est le moyen de laisser le lecteur sur la bonne bouche, et muni d'une légère dose de gaîté, ce qui ne fera de tort à personne, car j'ai vu fièrement des personnes à mine refrognée, depuis deux ou trois jours. Pourquoi?.... Allez-vous me dire, hélas! c'est parce que.....

J'ai bien l'honneur de vous saluer,

Les deux Tambours,
[illegible].

www.ingramcontent.com/pod-product-compliance
Ingram Content Group UK Ltd.
Pitfield, Milton Keynes, MK11 3LW, UK
UKHW012309240726
13966UKWH00004B/1755

9 782012 784482